물 위에 쓰는 편지

물 위에 쓰는 편지

제1부
그 강에 가고 싶다

제2부
나의 살던 고향

제3부
꽃도 짐이다

제4부
기다리는 마음

제5부
겨울로 가는 길목

제1부
그 강에 가고 싶다

그 강에 가고 싶다

파란하늘
하얀구름
맑은강물
토닥토닥
빨래소리
꼬물꼬물
송사리 떼
누나가 보고 싶다
그 강에 가고 싶다.

10

그 강가에서

흐르는 세월 속에
흘러간 물길처럼

변해도
참 많이 변한
그 강가에서

그 때를 그리며
빙긋이 웃다가
속으로 울었노라.

징검다리

풀은 마르고
꽃은 시들고

물은 흐르고
바람부는 사이

조심조심
징검다리 건너던 그 아이도

어디에서
나처럼 늙어가겠지.

꽃길

봄을 기다린다
꽃다발 가슴에 안고
하얀 구름 꽃길 따라
임이 올 것 같아서.

복사꽃

복사꽃 지지마라

바람아 불지마라
복사꽃 떨어진다

무심하게 떠난 임
복사꽃이 필 때면
내생각 할지 몰라

피고 지고 여러 번
아무리 무심해도

복사꽃이 필 때면
한 번쯤 올지 몰라

바람이 불지마라
복사꽃 떨어진다

복사꽃 떨어지면

오려던 그 발걸음
접으면 어떡하나

바람아 불지마라
복사꽃 지지마라.

고향 언덕

산 넘어
물 건너
뭉게구름
파란하늘
새파란 저 언덕
꼴지게 버들피리
내 고향이 거기 있네.

그리운 계절

꽃 피어도 오지 않고
꽃이 져도 소식 없네

꽃이 피고 지는 이 계절에

그리운 그대는
그 어디에 계신지.

이심전심

기다리다
기다리다

이 봄이 다 갈 것같아
임 찾아 나서는 길에

꽃 바구니 이고
꽃 한 짐 지고
오는 임을 만났네.

물 위에 쓰는 편지

보고싶은 얼굴 물위에 그립니다
부르고 싶은 이름도 씁니다
전하고 싶은 사연도 씁니다
훗날 강물이 얼면
얼음 위에 내마음 새겨질 지 몰라요
마음엔 없드라도
지나다 혹시 보시면 좋으련만.

그때

지금은
그때를 그리지만

그때는
지금을 상상도 못했네.

봄밤의 속삭임

새야새야

무얼 그리 살피느냐
무얼 그리 엿듣느냐

봄밤의 속삭임이

그렇게도 궁금터냐
그렇게도 부럽더냐.

꽃비

그냥 두어도
열흘가는 꽃이 없거늘

봄비야
봄바람아

스스로 지게 두지 않고
어찌 그리 재촉하느냐.

꿈의 계절

정답던
꿈의 계절이여

무지개빛
꿈을 꾸던 시절이여

아직도
꿈길 속에 보이는 풍경이여.

그리운 고향

푸른 하늘
파란 강물

아지랑이 속에
꽃냄새 가득 안고 봄바람 부는 언덕

풀피리 소리
나물캐는 이쁜이
느릿한 암소 울음 소리

고향
그것은 연어가 다 자라
모천을 기억하며
수 만리 길을 죽음을 무릅쓰고
찾아가는 것처럼

우리 가슴 속에
천연두 자국처럼 선명하게 남아

세월이 갈 수록
새록새록 더 그리워지는 곳

꿈속에서는
언제나 그곳에서 뛰어노는 곳
눈 감아도 차마 잊지 못하는
그리운 곳.

기다림

꽃 피면
소식 올까

새 울면
기별 올까

꽃밭에서 새가울면
돌아오실까.

봄바람

그립다
봄바람 부는 언덕
나물캐던
어릴적 누나 모습
눈물겹게 그립다.

눈을 감아도 보인다

그리운 풍경
그리운 얼굴
그리운 소리
그리운 향기
날이 갈 수록 희미해진다
날이 갈 수록 생각은 더 난다
그리운 시절
눈을 감아도 보인다.

바람이 불면

바람
바람
바람이 분다
아 -
어쩌란말이냐.

풀피리

봄이 흐르는
강 언덕에
꽃 한짐 내려놓고
너를 기다리며
삘릴리 삘릴리 노래 부른다
삘릴리 삘릴리 너를 부른다.

꿈길

꿈 속에서도 너무 좋아
믿기지 않아서
상상도 못했던 일이라
혹시 꿈이 아닐까
그런 생각하다가 그만 깨고 말았다
아쉬워 부랴부랴 잠을 청하고
그 길을 찾았지만
딴 길에서 헤매다 잠이 깨고 말았다.

아카시아 꽃

오시려거든

기왕 오시려거든
아카시아 꽃이 필 때 오세요

꽃이야 철따라
수없이 피고지고
꽃의계절 지나 엄동설한 되어도
눈꽃이 피지만

아카시아 향기 속에 걷던 길
그늘에 앉아
가위 바위 보
한잎, 두잎 아카시아 잎을 따던 시절

오월이면 생각나
향기만 맡아도 떠 올라

오시려거든

기왕 오시려거든
아카시아 꽃이 피는 오월에 오세요

향기가 가시기 전에 오세요.

그리운 시절

눈이 부시도록
그리운 시절이여

눈물겹도록
그리운 추억이여

눈이 짓무르도록
그리운 사람이여.

우연

살다보면
생각지도 않은 사람

우연히 만나는 일
수도 없이 많은데

어떻게 우리에겐
그런 우연도 없어

오늘
이렇게 비가 오는데...

봄밤

달빛에
배꽃은 눈처럼 희어
꽃 보는 마음 시리고
두견이 울음은
가슴을 저미는데
임은 이 밤
무슨 꿈을 꾸시는지.

달빛

임은 어디 계시기에
봄이 온 줄도 모르시는지
복사꽃 달빛아래
잠 못 이루는
이 마음을 모르시는지.

임 생각

꽃 피자
때 맞춰
벌 나비 찾아드는데
임은 어이
봄이 온 줄도
모르시는지.

지나가다 돌아보니

세월
느낌은 있어도
잡을 수 없는 바람이었다

넌
바라보면서도
잡을 수 없는 구름이었다

난
살아있으나
부화하지 못한 애벌레였다

버들피리

버들피리 소리
봄을 부르는 소리

콩닥콩닥 두 가슴 뛰는 소리
물레방아 도는 소리

봄이 오는 소리.

낙화

꽃 피어
몇 날 되었다고

벌써 바람에 흩날려
물위에 흐른단 말이냐

꽃보는 즐거움
느낄 사이도 없이...

보릿고개

복숭아 꽃
살구 꽃

불어오는 봄바람에
꽃망울을 터트릴 때

겨우내 괜찮던
내 손등도 같이 터지는데

얼어붙은 보리싹은
언제 자라
보릿고개를 넘겨줄까

해마다 오는 봄은
왜 이렇게 바람이 모진가
꽃은 피는데 더 추울까

겨울보다 더 추울까.

하얀 밤

하얀
목련이 지는 소리

하얀
배꽃이 피는 소리

잠 못드는
봄 밤을
하얗게 세우노라

제2부

나의 살던 고향

나의 살던 고향

강가에서 살았지요

여울물소리가 아릅답고
물새소리가 정겨운

사공아저씨가

느릿느릿
줄을 당겨 건너주는
줄배를 타고
학교에 다녔지요

지금은 없어요

잘 포장된 도로와
넓은 다리가 있을 뿐
마음 속에만 남아있어요.

봄날은 간다

꽃이 진다
봄날이 간다

꽃이 지기 전에
고백을 하자

봄날이 가기 전에
마음을 얻자.

누나

똑같은 부모의 자식인데
다를 게 하나도 없는데
세상에 좀 먼저 나왔다는 이유로
달래고, 먹이고, 재우고,
놀아주고, 양보하고, 가르치고
누나는 그렇게
동생들을 돌보았다
동생들은 모른다
알려고도 않는다.

계절과 시절

계절은
다시 돌아오고

시절은
다시 오지 않고

가면 그만이고.

클로버 피는 언덕

나는
꽃반지 만들어
너에게 사랑을 고백하고

나는
네잎 클로버 찾아
너에게 행운을 빌고.

강변의 추억

지나고 보니

모두
한 순간의 꿈 인 것을

꿈 인줄 알면서
또 다시 꿈을 꾼다

그래도
인생은 아름다워
추억은 더 아름다워

그 강에 가고싶다.

물수제비

동그랗고
납짝하고
적당한 크기를 돌을 골라
강물을 향해 던지면
차르르 -
몇 번씩 튀어오르던
그 때
그 조약돌
저 물 속 어딘가에 있겠지
찾지는 못해도
저 물 속에 있겠지.

그네

그네가 있던 자리
그네를 매던 고목

그네줄을 잡고
땅을 박차고
허공으로 솟아 올라
치맛자락 날리며
까르르 웃던 그 소녀들

날아가다 깜짝 놀라
급히 방향을 바꾸던 제비들

그립다
모두 간 곳이 없다

그리운 건
장소가 아니라 그 시절이었다

그 장소에 그때는 없다.

꼬마 물때새

내 고향
강가에 많던 꼬마물때새

모양이 예쁠 뿐 아니라
노랫소리는 더 아름답지요
금테 안경도 멋있구요

그 모습
그 노랫소리가 그립습니다.

물 그림자

물 가에 앉아
물 속의 나를 보네

마주보고 말해도
대답 없어

그냥 웃고 말았네.

봄날의 추억

봄 돌아와 해 길어져
허기는 더해가고
들을 바라봐도
보릿고개 넘길 일 아직 막막해

이웃집 내 친구
식모 가는 날

끌려가듯 따라가며 돌아보는
두 눈에 눈물이 그렁그렁

보내면서 엄마도 울고
손 흔들며 동생들도 울고
아버지는 돌아서서 눈을 감고
하염없이 담배만 뻐끔뻐끔

물끄러미 바라보며 아무 말도 못했네
손도 흔들지 못했네
열 두살 내친구
그렇게 떠나갔네.

새참

세상에서
가장
맛있는 음식

이보다
더
맛있을 수는 없다.

막걸리 심부름

호기심에 한 모금
시큼한 맛에 또 한 모금
몇 번을 그랬더니
얼굴이 화끈
다리가 휘청
돌아가는 길은 가물가물.

기별

내 마음
갔는데

그 마음
온다는 기별이 없어

마음 따라
몸이 못가니

몸만 병들어...

친구얼굴

푸른 풀밭에 누워 하늘을 본다
뭉게구름이
그리운 친구의 얼굴처럼 피어오른다
가슴이 아리도록 보고싶다
잠시 후
친구의 얼굴이 다시 뭉게구름으로 변한다
눈 앞이 흐려진다
눈물이 난다.

봉선화와 병아리

한 여름
병아리가 봉선화 그늘에 졸고 있다가
따사로운 햇살에
봉선화 씨앗 주머니가 터지며
씨앗 세례를 받는다

깜짝 놀라 일어나
고개를 갸우뚱갸우뚱
사방을 두리번 거리다

통통한 씨앗 주머니를 발견한다

가만히 바라보다

호기심에 주둥이로
살짝 건드리니
주머니가 터지면서 씨앗 세례를 받고
깜짝 놀라
혼비백산 도망을 친다.

비 오는 날

비 오면 외롭고
비 맞으면 그립고
혼자
우산 쓰면 허전하고
돌아보면 눈물 나고
아 -
사랑이여
인생이여
세월이여....

66

좋아하는 마음

조금만
기다려

내가
니 길을
만들어줄게.

향수

물 흐르고
바람부는 사이
풀은 마르고
꽃은 시들고
계절이 바뀌고
너도 가고 나도 가고...

그걸 알기까지

그냥 지나치던 것들에
눈길이 머물고
발길이 머물고
손이 간다
하찮게 여기던 것들이
더 소중한 것임을 알게된다
우린 그걸 아는데
그렇게 많은 시간이 필요했다.

꽃바람 속에

이 강산

꽃구름 속에
꽃향기 속에
꽃바람 속에

윤사월 오고
오월이 가네

올해도
오월은 길지 않네.

고향생각

거기

할아버지가 앉았던 자리가 있다
할머니가 바라보던 산이 있다
아버지의 일터가 있다
어머니의 빨래터가 있다
내가 멱감던 강물이 있다

이맘때 쯤
아카시아 향기가 좋았다
꼬마물떼새 노래는 더 정겨웠다

그립다.

그리운 강변

물소리
새소리
바람소리

물냄새
흙냄새
바람냄새

내고향 그리운 강변에
철새들이 오고 가고.

뱃사공

강을 건너야
학교에 갈 수 있었습니다.
뱃사공 아저씨가
노를 저어 강을 건너 주셨지요.
한 사람이 오거나
여럿이 오거나
묵묵히 강을 건너 주시고
강을 건넌 사람이
돌아올 때 까지 기다려 주시던
그 사공 아저씨가 그립습니다.

달맞이 꽃

지난 밤
곱게곱게 단장을 하고

함박웃음으로 달님을 만나
밤새 도란도란 아침이 올 때까지

달이 지니 슬퍼서
해가 뜨니 부끄러워

고개 숙인 달맞이 꽃.

74

청산

하늘 아래
첫 동네

청산에서

살고
지고....

보리밭

엄동보다 찬 봄바람
허기져 휘청이는 걸음
시린 가슴 쓸어안고
가파른 그 고개를 넘으며
얼마나 바라보았던가
얼마나 기다렸던가.

보리피리

보리피리
종달새
노란 민들레
하얀 나비
내 고향에
봄이 지나간다.

보리밭 사잇길

보리밭 사잇길

엄마 장에 가신 길
아빠 밭에 가신 길

누나 빨래 가는 길
동생 낚시 가는 길

강아지 쫄랑쫄랑
따라 가는 길.

빈배

예고없이
불쑥 찾아 갈 친구 없고

예고없이
불쑥 찾아 올 친구 없어

봄 나루에
배 띄울 일 없네

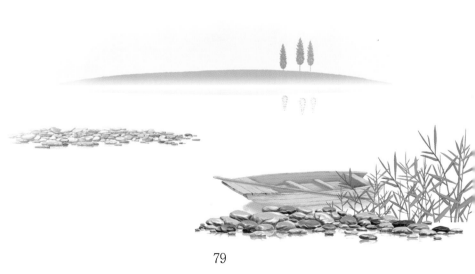

그늘

쉬고 싶다
그 그늘에서

이제는
세상에 없는 그늘

아버지 그늘
어머니 그늘.

제3부

꽃도 집이다

꽃도 짐이다

삶
길
꽃도 짐이다.

길 아닌 길

길 아닌 길을 헤매고 있다
잘 못된 길이기에 돌이켜야하는데

돌이키려 하니

잘 못 간 만큼
돌이키는 만큼
다시 가야 할 만큼

회복하는 대가가
세곱절이나 되는구나.

봄이 있던 자리

꽃 향기에 취해
봄이
휘청거리는 사이

어느새
여름이
그 자리를 차지했네.

바램

새소리를
울음인지 노래인지
알 수 있다면

니 생각을 알 수 있다면
그 마음을 볼 수 있다면

바람을 잡을 수 있다면
그럴 수 있다면.

금기

어릴 때
할머니가

강가에서 돌 주워오면
엄마 젖 병 난다고

밤에
손톱, 발톱 깍으면
엄마 죽는다고

겁이 나서 철저히 지켰는데

어른이 되어서는

강가에서
돌도 주워오고
밤에도
손톱, 발톱 깍고

그래서 엄마 죽었을까
할머니 말 안 들어서.

그리운 이름

가슴이
터지도록 불러본다
아 -
아 -
그리운 이름이여.

88

그리운 언덕

내가
무심히 지나는 이곳

누군가
꿈에도 못잊는 그곳.

얼굴

그리워
그리다가

너의 얼굴 그린다

누가 볼까 부끄러워
물가에다 그린다

누가 보기 전에
물결이 지워주니까.

사랑없는 연고로

늘 가슴이 허전했다
늘 바람소리가 났다

그건
사랑없는 연고였다

그걸 아는데

한 세월이
다 가다니....

가을 어느 날

잊혀졌다 생각나고
생각났다 잊혀지고

기억은 흐려지고
마음은 멀어지고

다정도 병이라면
그리움은 더 큰 병이다.

세월

꽃 피듯 다가왔다
잎 지듯 흘러간다

구름인듯
바람인듯

막아도 오고
잡아도 간다

형체도 없는 것이
모든 것을 변하게한다.

봉숭아

해마다
엄마가 울 밑에다 심었지

빨갛게빨갛게
꽃피는 여름을 기다렸지

누나가
꽃과 이파리를 알맞게 섞어
백반을 넣고 곱게곱게 찧어

내 손톱위에 올려놓고
피마자 잎으로 감싸고

무명실로 칭칭 동여맨 후
하룻밤 자고 나면

손톱이 빨간색으로
곱게곱게 꽃 물 들었지.

백일홍

가을이 물었다
이미 철이 지났는데
왜 미련을 버리지 못하고
찬 바람 이슬 맞고 있느냐고

백일홍이 대답했다
미련이 남아서가 아니라
늦게 부화한 나비가 있을까
미처 준비못한 벌이 있을까
기다리는 것이라고.

울타리

넘는 거
마음만 먹으면 일도 아닌데

무너뜨리는 거
조금만 힘써도 되는 일 인데

넘지 못했네
무너뜨리지 못했네

내가 스스로 만든
내 마음의 울타리

넘지 못했네
무너뜨리지 못했네.

갈 수 없는 나라

그립다
가고싶다
그 나라
왜 이리 그리운가.

동행

그래
우리 같이가자
같은 길을 가자
떨어지지 말고
늘 이렇게
같이...

아이스케키

아이스케키-

여름 날
아이스케키 장수가 소리치며
동네로 들어오는 날은
참 신나는 날이었지
돈 대신 고물도 받았으니까

양은냄비
헌 고무신
빈병
고철
집안에 있는
고물들을 다 찾아내어
아이스케키와 바꿔 먹고

나중엔 고물도 다 떨어져
멀쩡한
아버지 고무신으로
바꿔 먹고
집에가 혼나기도 했었지.

종이배

어린 시절
고향의 강가에서
머나먼 서울
꿈속의 서울을 그리며
종이배를 띄웠다
이 강물따라 흘러흘러
서울로 가라고
이제는 서울에서
고향의 강을 그리지만
종이배는 띄울 수 없다
물길을 거스를 수가 없다.

봄나루

말이 필요없었지

그냥 피리를 불면
빨랫거리 챙겨 강가로 나왔지

말이 필요없었지

그냥 피리소리 들으며
빨래소리 들으며
그저 바라보기만 해도 좋았지

그걸로 충분했지.

앵두

벌, 나비 다녀가고
꽃지고
봄 지나간 자리

가지마다
빨간구슬 주렁주렁

아가 입이 오물오물
아가 볼이 볼록볼록

누나 얼굴 생글생글.

104

돌아가고 싶은 시절

머무르고 싶었던 순간들
돌아가고 싶은 시절
눈물겹도록 그리운 풍경
꽃보다 아름답던 시절.

길

이 길 위로
꽃가마도 지나가고
꽃상여도 지나가고
아이들도 지나가고
노인들도 지나가고
바람도 지나가고
구름도 지나가고
계절도 지나가고
세월도 지나가고.

완행열차

빠르다
너무 빠르다

모든 것이
빠르게 지나간다

산 길 따라
들 길 따라
물 길 따라

역 마다 쉬어 가던
완행열차가 그립다.

가설극장

텔레비젼도 없고 라디오도 귀하던 시절
시골에는 볼거리가 없었지요

그런 시골에
일 년에 한 두 번은 영화가 들어오는데
극장이나 강당 같은 곳이 없으니까
학교 운동장에다
하얀 천막을 치고 가설극장을 만들지요
그리고 전기가 들어오지 않는 동네라
저녁에 캄캄해진 뒤에
발전기를 돌려서 천막 안에서
영화를 보는 방법이지요

그렇게 영화가 들어오는 날이면
동네의 어른 아이 할 것 없이
온 종일 들뜬 마음으로
어두워지기를 기다리다가
어두워 지면 학교
운동장으로 달려가 표를 사고
천막 속에 들어가 영화를 보지요

표를 살 돈이 없는 개구쟁이들은
들어가는 방법이 없을까 기웃거리기도하고
개구멍으로 들어가다 걸리기도 하고
운이 좋으면 들어가기도 하구요

그 가설극장에서 처음으로 영화를 봤어요
"검사와 여선생."

짝짓기

애초에 하나였지
둘 아닌 하나였지
하나가 둘이됐지
그러니
둘이 하나가 되려는 몸짓
당연하지.

가을비

가을 하나만으로도
그렇게 그리운데

이렇게
비까지 내리면
어쩌란 말이냐.

학교길

그 옛날
학교 길

갈 때는 지각할까봐
급히 가느라 몰랐는데

똑같은 그 길이
돌아올 때는 왜 그렇게 멀고먼지

쉬다 오다 쉬다 오다
한이 없는 길

달구지를 만나는 날은
정말 신나는 날이었지.

3,8선

새학년
새학기가 되면 짝이 바뀌었지
마음에 드는 짝을 만났을 땐 별 일 없었지만
그렇지 않을 경우에는 서로 으르렁 거렸지
그러다가 결국은 연필 깎는 칼로
책상에다 금을 긋고 3,8 선을 만들었지
넘어오면 절대 안된다는 약속을 하고
손이 넘어오면 연필로 찌르고
지우게나 연필이 넘어오면 압수하고
공책이 넘어오면 넘어 온 만큼 칼로 자르고
한치의 양보도 없었지.

꿈 속에서

못잊어 그리던 이
저만치서 웃고있네
다가가지 못하네 발이 얼어 붙어
잡지도 못하네 손이 얼어붙어
말 한마디 못하네 입이 얼어 붙어
몸부림치며 생각하네 이건 꿈이라고
그러면서 또 생각하네
이대로 머무를 수 있다면
꿈이라도 좋으니 깨지말라고..

명월

달 아래 홀로 걷네

내 어이 재주가 벽계수만 못해
달이 저리 밝아도
쉬어가라 청하는 이 없어

쓸쓸히 혼자 걷는 길
그림자 말 없이 뒤 따르다
돌아서니

그림자 앞서고 있네

상경

우물가에서
빨래터에서

앵두나무 처녀를
즐겨부르던 동네 누나 둘이

노랫말 처럼
아무도 모르게 단봇짐을 싸서

서울행
밤 열차를 타고 말았지요.

제4부

기다리는 마음

모닥불

보리타작 끝내고 피운
모닥불 속에 감자가 익어간다

앞강 물떼새소리 정겹고
뒷산 두견이 울음 구슬픈데

별빛은 어찌 그리 고운가.

기다리는 마음

날 저물어 저녁연기 피어오르니
새들도 제집 찾아들고
사방이 고요하니
벌레소리 구슬프고 물소리는 더 애절한데
날 찾아 오시는 임
초저녁에 오시면 좋으련만
늦게라도 오시다가 길 잃지나 않을까
호롱불 못 끄고
사립문 못 닫고
밤을 새며 기다리네.

땅 따먹기

마당에다
커다랗게 원을 그리고
땅 따먹기를 합니다

납짝하고 동그란 조그만 돌이나
사금파리
깨진 옹기조각
유리조각을 잘 다듬어
엄지와 검지로 튕기면서
온 마당에 금을 긋고
뺏고 뺏기길 몇 번씩

우리의 놀이는
한 치의 양보도 없이 치열 하다가도
해가 저물고
저녁연기가 피어오르면

그렇게 아깝던 땅
다 버려두고
툭툭 털고 집으로 돌아갑니다.

개똥벌레

사랑 찾아
밤 하늘에
불빛으로 반짝반짝
아름답게 아름답게
불빛으로 수를 놓는다.

가면무도회

얼굴은 칠하고
몸은 가리고
마음은 숨기고
생각도 감추고
그저 그렇게
하회탈 같이
다양한 표정으로 살아왔네
삶도
사랑도
믿음도
여전히 그렇게 살아가네
끝없는 광대놀이.

집

주의 전에
참새도 집을 짓고

제비도 새끼 둘
보금자리를 얻고

나는
그리운 가슴에

내 맘 들어갈
집을 짓고...

순이 생각

조막만한 가슴이
울컥
그리울 때가 있었지

투명한
두 눈이
흐려질 때도 있었지

순이 생각하다가....

그리운 나라

그립다
할아버지 기침 소리
할머니 젖 냄새
바람에 날리던
풀 먹인 어머니 포플린 치맛자락
저 하늘에 하염없이 피어오르던
아버지 담배연기
새소리
병아리 소리
강아지 소리
느릿한 암소의 울음 소리.

금줄

손자가 태어나는 것보다
기쁜 일이 세상에 또 있을까

부정한 자의 출입을 막으려고

새끼줄에
청솔가지와 숯
빨간 고추를 달아
금줄을 치시며

할아버지가 싱글벙글
할머니도 싱글벙글.

엄마

엄마
엄마가 있었다면

억울한 일
약 올랐던 일
분했던 일
모두 일러바쳤을텐데

그러면
내 편 들어줬을텐데.

어머니

어머니
어머니 앞에선
제가
서른이 되어도
마흔이 되어도
쉰이 되어도
그저 젖먹이와 다를바 없는
아들일 뿐 인데
왜 어머니 앞에서 어른 행세를 했는지
그것이 어머니를 향해 담을 쌓는 일임을
어머니 떠나신 뒤 알았습니다.

돌아가자

돌아보니

반 평생
별 없는 하는 아래
풍진에 휩쓸리며
꿈도 없이 살았네

돌아가자

흐르는 별을 보며

너의 별
나의 별
별을 세며
꿈을 꾸던 고향으로

꿈 없는 삶 보다
꿈 꾸는 삶을 찾아서.

131

내 발길

가다가
돌아보니
그리움 뿐

나에겐
그리움이
그림이 되고

그림은
그리운 이들에게
띄우고

이 또한
그리워지면

또 그렇게

그리고 가다가
그리고 가리라.

꿈

몸이 쇠하면
마음도 그러리라
생각도 그러리라
그렇게 알았는데
여전히 꿈을 꾼다
그것도
분홍빛 꿈을
꿈은 늙지도않아.

133

엄마 냄새

바람이 분다

빨랫줄에 널린
풀 먹인 우리엄마
포플린 치맛자락이
바람에 날린다

풀 냄새가 난다
엄마 냄새가 난다

엄마 냄새가 좋다.

공깃돌

아무리
잘 해 보려고 해도

여자친구를
이길 수는 없었지

할 때마다
약이 올랐지.

135

잠자리

잠자리가
잠자리를 찾고있다

오늘 밤은
어디서 잠을 잘 까

잠자리가
잠자리를 찾고 있다.

노을

저녁 노을 붉게 물들고
뒷 동산 넘어 해는 지는데

들에 가신 아빠도
장에 가신 엄마도 오시지 않고

칭얼대던 동생은
울다 지쳐 잠이들고

기다림은 점점 길어지고.

계절

계절은
한치의 어긋남도 없이 가고 또 오고

나무에 매미소리 그치니
뜰 아래 귀뚜라미 울어대고

푸른잎새 지고나니 열매 점점 붉어진다

아이야, 까치야
이 또한 지나간단다.

가을 밤

앞 강물 여울물 소리
뒷 강물 물새 소리

은하수에 걸린 밝은 달

풀벌레 소리
가슴엔 바람 소리

또 가을이 지나간다.

가을이 가는데...

아 –
가을이 가는데...

잊었을까

잊었을거야
그러니 그렇지.

가을의 끝자락

춥다
만물이
떨지 않고
허기지지 않고
따뜻할 수 있다면.

배냇저고리

우리 어머니
첫 아들 낳아 잘 키웠다고 그 저고리 동생들에게 입히면
좋다는 어른들의 말씀 따라 내 동생들 여섯이 세상에
나오면서 모두 내 저고리 세이레 씩 입었지
그래서 그런지 모두 무탈하게 잘 자랐지
우리 어머니
그 저고리 애지중지 보관 하시다 손자가 태어날 때 쯤
조심조심 장롱 속에서 꺼내 이 옷 입히면 안 될까?
아들 며느리 눈치 보시다, 반응이 시원찮아 보였는지
아니다, 좋은 옷 사다 입혀라 그러시면서
도로 장롱 속에 넣으셨지
우리 어머니
나중에 손자가 군대 간 후에도 그 저고리 장롱 속에 곱게
싸서 보관했는데, 어머니 떠나시고 며느리들이 모여
유품을 정리할 때, 6,25 사변 중 스무 살 때 시집와 배틀에
앉아 짠 무명천으로 손수 만드신 그 배냇저고리는
누구의 눈길도 받지 못해, 그냥 그렇게 밖으로 밀려나가고
우리 어머니
그토록 아끼시던 그 저고리 나중에 생각 나
배냇저고리 어디다 뒀느냐고 아내에게 물었더니

그게 뭐냐고?
하기야 며느리들에게
그건 그저 하찮은 헌 옷가지였을 뿐인데
그게 뭐 중요했을까
우리 어머니
모르기는 몰라도
장롱 문 열고 닫을 때마다 그 저고리 보고 만지며
아들들이 입던 옷, 손자에게도 입혀야지 그랬을 텐데
아들 며느리 눈치 보시다 마지못해, 좋은 것 사다 입혀라
그랬을 텐데...
아! 그때 내 자식에게 그 저고리 입혔어야 했는데
그랬으면 우리 어머니 많이 좋아하셨을 텐데.

고쳐 못할 일

그대
어머니의 눈동자가 점점 흐려지는 걸
느껴 본 적 있는가

어머니의 키가 조금씩조금씩 줄어든다는
느낌을 받아 본 적 있는가

어머니의 등이 언제부터 굽어졌는지 아는가

어머니의 몸이 점점 가벼워 지는 걸
느껴 보았는가.

어머니 구름

저 고개를 넘으며
하늘까지 치닫던
어머니의 거친 숨소리가
저 골짜기 나뭇가지 흔드는
바람소리 되어 들려온다

이 세상에서 토해 낸
어머니의 긴 한숨이
저 고개위에 저렇게
하얀 구름되어 피어오른다.

풍금

그 옛날
내가 다니던 초등학교에는
풍금이 하나 밖에 없었다

음악시간이 되면
아이들 여럿이 다른 교실에 있는 풍금을
조심조심 옮겨와야 했다

다 낡아서
풍금소리와 삐걱삐걱 페달 밟는 소리가
같이 났지만 세상에 태어나 처음 듣는
풍금소리는 너무 좋았다

이제 세월이 지나
수많은 악기 소리를 다 듣지만
그래도 풍금소리만은 못한 것 같다

풍금이 있던 곳
풍금소리가 나던 곳
그 곳이 그립다

풍금소리가 그립다
하늘이 높고 뭉게구름이 피어오르는 날이면
풍금소리가 들려 오는 것 같다.

풍경

가을

아 –
그 속으로

풍덩
빠지고 싶다.

해바라기

바라보다
바라보다

너를 바라보다

한 세월 너를 바라보다
나도 몰래 너를 닮았다

너를 바라보다가.

흔적

어린 시절
짓궂은 짓을 참 많이했다

그 중
고무줄을 많이 끊었는데

몇 번은
도망치다
억센 여자아이에게 잡혀서
얼굴에 손톱자국이 나기도했다

어머니가
손톱자국는 없어지지않고
흠이 남는다 걱정하시더니

아닌게 아니라
아직까지 얼굴에 선명히 남아있다
그날의 흔적이.

엄마 마중

첫차 타고

장에 가신
엄마는

낮차로 오시나
밤차로 오시나

동생은
칭얼대는데...

가을 하늘

병아리는
물 한 모금 먹을 때마다
하늘 한 번씩 쳐다보는데

우리는
하늘에 소망을 두고 살면서도
하늘 한 번 쳐다보지 못하고
사는 날이 많지요

가을 하늘이 참 좋습니다
한 번 쳐다보세요

모가지가 긴 사슴처럼.

초가을밤

벌레들은 울음으로

풀들은 눈물로

나는 꿈길에서

우리는
그렇게 밤을 보냈다.

제5부

겨울로 가는 길목

눈길

눈(雪)길에
눈(目)길이 마주쳤네
눈(雪)길에 마주치던
그 눈(目)길
지금은
어딜 보고 있을까
누굴 보고 있을까.

청실홍실

봄이 온다
곧 봄이 온다

청실홍실 엮어서
아름답고 후회없는 집을 짓자

우리가 살 집을

아이들이 태어날 집을.

섶다리

흔들흔들 섶다리
가을이면 놓았다가
봄이 되면 뜯는 다리
출렁출렁 섶다리
여자 친구 떨어질까
조심조심 섶다리
남자 친구 장난하며
달음박질 섶다리

난간 없는 섶다리
눈이 오면 미끄러워
숨죽이며 건너가는
미끌미끌 섶다리
강이 얼면 배 못 건너
겨울에만 있는 다리
강 풀리면 배 띄워서
필요없는 섶다리

겨울로 가는 길목

무엇을 먹을까
무엇을 마실까

오늘 밤은
어디서 추위를 피할까
어디서 잠을 잘까.

귀향

돌아 갈 집이 있고
기다리는 사람이 있다면
가는 길이
좀 험하고 힘든 들 어떠하리.

얼음이 풀리면

날이 풀리면
얼음도 풀리고

얼음이 풀리면
배도 뜨겠지

배가 뜨면
강 건너 임도 올테고.

유년의 추억

가을을
그리워하지 않았지

봄을
기다리지도 않았지

겨울도
좋기 때문에.

처음 기억속의 밤길

세살 무렵
아버지 등에 업혀
산 넘어 큰집 가는 길
구름속의 달을 보며
"달이 우리보다 빨리 가네." 하니
"달이 가는 게 아니라 구름이 가는거란다." 라는
아버지 말씀에
아니라고
아니라고
끝까지 우기며 넘어가던 길
큰집 가는 고갯길
그 길가에
아버지 묻은 지도 수십 년
길도 변했다
산도 변했다
옛 모습 찾을 길이 없다
기억조차 희미하다
어느새 내 모습도 하얗다.

가신 임

아무리
매서운 한파가 몰아쳐도

봄은
어제보다 가까워지는데

가신 임은
어이
날이 갈 수록 멀어만가는지.

고드름

어디
세상이 꽃으로만 아름다우랴
추위도
하얀 눈도
고드름도
세상을 이렇게 아름답게 만들어
아이를
즐겁게 하고
꿈꾸게 하고
노래하게 하지않는가.

매화

제철 맞아 피었는데
제철 모르는 찬바람이
제철 잊은 눈보라가
먼저 피었다고 구박한다
그래도 봄을 깨우려면
찬바람
눈보라 속이라도 피어야 한다
먼저 피어야 한다.

168

동백꽃

찬 바람 눈보라 속에서
떨지도 움츠리지도 않는다

시드는 것도 거부한다
구차하게 매달리지 않는다

망설임도
주저함도
미련도 없이

때가 되면 서둘러 떠난다

그 모습 그대로
지고도 다시 피었다.

너

마음따라 가고
발길따라 오고
마주 보고 등 기대고
말 없어도 맘 알고
내가 넌지 니가 난지
이 풍진 세상에
그런 너 하나 있다면...

겨울 아침

춥다
이 말이 생각난다.
"혼자만 잘 살믄 무슨 재민겨"

석양

산 날이
살 날 보다 길어지니
물소리는 점점 바빠지고

그리움은
날이 갈 수록 안개처럼 희미해진다

꼭 만나야 할 사람 소식 없이
오늘도 해 저무는데

석양에 비친 내 그림자는
기다림처럼 길어만 간다.

돌아 가는 길

하루도 저물고
계절도 저물고
인생도 저물고.

장독대

장독대
할머니 예배당

정한수
할머니 예물.

툇마루

할아버지 문 열고 나와 앉아 담배피우고
지나가던 나그네 스스럼 없이 앉아 쉬고
병아리 올라가고
참새 내려 앉고
사내아이들 앉아 묵찌빠하고
계집아이들 앉아 공기놀이 하고
아무도 없을 땐 강아지 혼자 앉아 지키고.

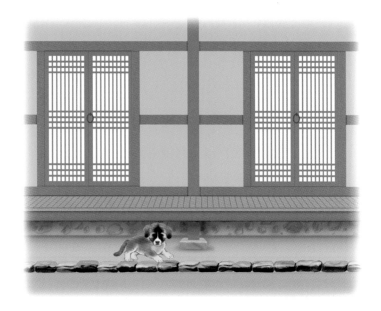

불빛

집 떠나
먼 길 다녀올 때
멀리서 비치는
내 집의 불빛만 보여도
이제는 다 왔구나 안심이됩니다
추위가 녹고 힘이 납니다

그 불빛 속에
나를 기다리는
어머니가 계신 것을
알 수 있기에 그렇습니다

만약에
등불이 꺼지고
그곳에 어머니가 계신지
알 수 없었다면
같은 길이라도
더 멀었을 것입니다
추위는 더 했을 것입니다.

약손

'내손이 약손이다' 그러면서
할머니가 손으로 몇 번 쓸어 내리면
아프던 배가 다 나았지

그 느낌이 좋아
배가 아프지 않아도

'할머니 나 배 밀어줘' 그러면서
웃통을 걷어 올리고 할머니 무릎위에 누워
따뜻한 할머니 손길을 느끼는 걸 좋아했지

마음, 마음...
마음을 그렇게 따뜻하게 만져 줄
그런 따뜻한 손이 있다면....

그 산에 오르고 싶다

그 산에 오르고 싶다
세상 꼭대기 혼자 올라
그 곳에서
홀로 산을 넘는 새를 만나고 싶다.

한 겨울밤

밤 깊어
사방이 고요하니
앞 강물 여울 물소리 애절코
뒷 강물 물새소리 정겨운데

낮에 송아지 떠나 보낸
어미소는 뒤척이며 잠 못들고
긴 한숨과 신음소리를 내고

가끔 들리는 부엉이 소리에
홰에 앉아 자던 닭들은 놀라 깨어
경계의 소리를 내고

안방에선
아버지 코고는 소리 들리는데

희미한 호롱불 아래
나는 이 밤도
잠 못들고 너를 생각하다
너를 그린다.

인생의 고갯길

내 새끼
배불릴 수 있다면
가르칠 수 있다면
힘들면 어때
부끄러워도 괜찮아
그렇게 한 평생
그 가파른 인생의 고갯길을 넘고나니
자식들 자라
제 짝 찾아 다 떠나고
덩그런 빈둥지에 홀로 남아
오늘은 올까
내일은 오겠지
그렇게 기다리다
문틈으로 내다보다
백골이 된 이 시대의 부모여.

똥지게

그 냄새가 역겨워
코를 막고 피할 때

그 냄새가 구수하다시며
묵묵히 농사를 지으시던

아버지의 마음을
그때는 몰랐지

세상에
그 냄새를 좋아하는 사람이
어디 있을까.

바람

바람(風)
바람(望)

바람이 좋다
바람도 좋다

바람이 분다

바람(風)속에
바람(望)가운데 산다.

편지

동지 섣달
기나긴 밤

남폿불 밝히고
밤새워
편지를 쓰던

그리운 계절이여
정답던 시절이여

보고픈 얼굴이여

회자정리

너 떠나면 내가 남고
나 떠나면 네가 남고

마음 이미 떠났는데
형체 잡아 무엇하리

가려면 가야지

이별없는 세상
어디에도 없는 것을...

눈물

눈(雪)이오네

눈(雪)이
눈(目)에 들어가 눈물이 나네

눈(雪)물인가
눈(目)물인가

그대 아는가
내 눈(目)에 흐르는 물이

눈(雪)물인지
눈(目)물인지

여울 물소리

고요한 밤
여울을 흐르는
물소리를 들어 보신적 있나요

저는 어린시절 강가에서 살아
늘 재잘거리는
여울 물소리를 듣고 살았지요

그 물소리는 소음이 아니라
음악과도 같았지요

지금 생각해 보니
그 물소리를 들어본지도 참 오래되었네요

오늘 그 물소리가 그립습니다

한해가 가는 소리가
그 물소리 같이
귓가에 들려오는 것 같습니다.

189

우리

너 아픈 곳 어딘지
그 고통 어떤지 나는 모르지

나 아픈 곳 어딘지
그 고통 어떤지 너는 모르지

우리
사랑한다 사랑하자
연리지가 되자
비익조가 되자
비목어가 되자 그러면서도

혼자 감당해야 할 일
참 많아...

190

고목

풍진에 잎 마르고
풍파에 가지 꺾이고
홍수에 뿌리 드러나고
벌레에 몸 상하고

그래도 여기까지왔네

나이테 하나 늘었네.

물 위에 쓰는 편지

펴낸날 : 초판인쇄 2020년 7월 7일

지은이 : 김충경
그린이 : 김충경

펴낸이 : 백성대
편 집 : 김충경

펴낸곳 : 노문사
출판등록 : 2001. 3. 19. 제2-3286호
주 소 : 서울시 중구 마른내로72(인현동)
전 화 : (02) 2264-3311-2
팩 스 : (02) 2264-3313

이메일 : nomunsa@hanmail.net
ISBN 979-11-86648-31-5

이 도서의 국립중앙도서관 출판예정도서목록(CIP)은 서지정보유통지원시스템 홈페이지
(http://seoji.nl.go.kr)와 국가자료공동목록시스템(http://www.nl.go.kr/kolisnet)에서
이용하실 수 있습니다. (CIP제어번호 : CIP2014033091)

*값은 표지 뒤에 있습니다.